रचिस सस्पेंस

BACKBONE CRIME

सुमीत कुमार

Copyright © Sumeet Kumar
All Rights Reserved.

This book has been published with all efforts taken to make the material error-free after the consent of the author. However, the author and the publisher do not assume and hereby disclaim any liability to any party for any loss, damage, or disruption caused by errors or omissions, whether such errors or omissions result from negligence, accident, or any other cause.

While every effort has been made to avoid any mistake or omission, this publication is being sold on the condition and understanding that neither the author nor the publishers or printers would be liable in any manner to any person by reason of any mistake or omission in this publication or for any action taken or omitted to be taken or advice rendered or accepted on the basis of this work. For any defect in printing or binding the publishers will be liable only to replace the defective copy by another copy of this work then available.

सुमीत कुमार

सुमीत कुमार, एक वयस्क जो जीवन के कई चरणों का अनुभव करता है, एक प्रसिद्ध लेखक और नए युग के लेखक हैं। वास्तव में वह एक लेखक होने के साथ-साथ गायक, कवि, शायर, उद्धरण लेखक, गीतकार और एक कलाकार भी हैं। एंकर या स्टैंडअप कॉमेडियन। उनके बारे में बहुत ही रोचक और दिलचस्प तथ्य यह है कि वे नए युग के लेखक हैं यानी उन्होंने अपने लेखन की यात्रा उस उम्र में शुरू की जब वह अध्ययन करने के लिए स्कूलों जा रहे थे।

उनकी 100 पुस्तकों की स्ट्रीक महान होगी भविष्य में उनके लिए उपलब्धि, उनकी कुछ प्रसिद्ध रचनाएँ यानी प्रेम की परिपक्वता

(शैली _प्रेम) स्वप्न की गोपनीयता (शैली-मध्य वर्ग की जीवन शैली)।

आप नोटियन प्रेस, अबे बुक्स, इम्युजिक इन, फ्लिपकार्ट, एमेजॉन, किंडल, इंस्टेंट रीड लाइक ईबुक, किंडल, गूगल, इंटरनेशनल साइट्स और कई अन्य से भी उनकी किताब खरीद सकते हैं।

स्पॉटिफ़ पर पॉडकास्ट: @ ब्रोकन हार्ट इंस्टा आईडी: बुकहब92
जीमेल: सुमितकुमार 88234 लिंक्डइन: सुमीत कुमार

क्रम-सूची

प्रस्तावना

Enter Caption

जिंदगी एक ऐसा सफर है जहां हम के मुशफिर से मुकाबिल होते हैं, पर हम उन से कोई एक ही पसंद आता है, क्योंकि हर कोई तो हमारी तालाब की पहचान नहीं बन सकता है, प्रभावित है तो वो हमारे हक में हो, क्योंकि मोहब्बत ही वो सियासत है जिसकी इनायत कोई नहीं मिटा सकता, इसकी शिद्दत ही किशी के लिए जीने की वजाह होती है, और इसकी मुराद ही उनके लिए। होती है जिसके वजूद से हम कभी वक्फ नहीं हो पाता। दुनिया में हर किशी को किशी न किशी चीज की तालाब है, किशी को फिरोग की तो किशी को मोहब्बत की, पर उनकी किस्मत की हर कि है दुनिया की तकदीर में हमारे वजूद की लिखावत क्यों है ये हम कभी नहीं जान पाते, क्योंकि जिश दिन ईश रहश्या से हमारी नफ्स वकिफ होती है, उस दिन हमारे वजूद का सिलसिला है भी है। हम उस दिन मार्ग की कफस मिल जाति हो ऐ, जिस्की कोई इब्तिदा नहीं होती की वो हम इसे रिहा करें, खैर इस्की तालाब तो न कोई करता है और ना ही किशी को इसकी जरूरी है, क्योंकि मार्ग की रिवायत किशी को मंजूर नहीं है। वक्त की बेबसी जब का कोई जवाब नहीं होता, क्योंकि ये तो वो मालिक है हमारी तबुसाम का जिस्की रंजिश भी पिन्हान होती है, फुरकात में भी यही तराह की रंजिश मौजूद होती है, जिसे हम कभी नहीं देखते हैं। का कोई सिलसिला तय करता है, ईश वजाह से कहीं न कहीं जो मोहब्बत का धागा है जिसे हम एक रिश्ते का नाम देते हैं वो

पूरी में आगे जकर कहीं न कहीं टूट जाता है, क्या गर्म कोई मोहब्बत है सिर्फ एक तन्हाई की बनाबत है, और ना ही एक तरफ़ा मोहब्बत की कोई तिश्नगी होती है, क्योंकि जिस दिन इसे किशी चीज़ की कह करली, उसी दिन इसकी रिवायत मोहब्बत से कहीं डर होता है की... .....

भूमिका

सुमीत कुमार

सुमीत कुमार, एक वयस्क जो जीवन के कई चरणों का अनुभव करता है, एक प्रसिद्ध लेखक और नए युग के लेखक हैं। वास्तव में वह एक लेखक होने के साथ-साथ गायक, कवि, शायर, उद्धरण लेखक, गीतकार और एक कलाकार भी हैं। एंकर या स्टैंडअप कॉमेडियन। उनके बारे में बहुत ही रोचक और दिलचस्प तथ्य यह है कि वे नए युग के लेखक हैं यानी उन्होंने अपने लेखन की यात्रा उस उम्र में शुरू की जब वह अध्ययन करने के लिए स्कूलों जा रहे थे।

उनकी 100 पुस्तकों की स्ट्रीक महान होगी भविष्य में उनके लिए उपलब्धि, उनकी कुछ प्रसिद्ध रचनाएँ यानी प्रेम की परिपक्वता (शैली _प्रेम) स्वप्न की गोपनीयता (शैली-मध्य वर्ग की जीवन शैली)।

आप नोटियन प्रेस, अबे बुक्स, इम्युजिक इन, फ्लिपकार्ट, एमेजॉन, किंडल, इंस्टेंट रीड लाइक ईबुक, किंडल, गूगल, इंटरनेशनल साइट्स और कई अन्य से भी उनकी किताब खरीद सकते हैं।

स्पॉटिफ़ पर पॉडकास्टः @ ब्रोकन हार्ट इंस्टा आईडीः बुकहब92 जीमेलः सुमितकुमार 88234 लिंक्डइनः सुमीत कुमार

पावती (स्वीकृति)

सुमीत कुमार

सुमीत कुमार, एक वयस्क जो जीवन के कई चरणों का अनुभव करता है, एक प्रसिद्ध लेखक और नए युग के लेखक हैं। वास्तव में वह एक लेखक होने के साथ-साथ गायक, कवि, शायर, उद्धरण लेखक, गीतकार और एक कलाकार भी हैं। एंकर या स्टैंडअप कॉमेडियन। उनके बारे में बहुत ही रोचक और दिलचस्प तथ्य यह है कि वे नए युग के लेखक हैं यानी उन्होंने अपने लेखन की यात्रा उस उम्र में शुरू की जब वह अध्ययन करने के लिए स्कूलों जा रहे थे।

उनकी 100 पुस्तकों की स्ट्रीक महान होगी भविष्य में उनके लिए उपलब्धि, उनकी कुछ प्रसिद्ध रचनाएँ यानी प्रेम की परिपक्वता (शैली _प्रेम) स्वप्न की गोपनीयता (शैली-मध्य वर्ग की जीवन शैली)।

आप नोटियन प्रेस, अबे बुक्स, इम्युजिक इन, फ्लिपकार्ट, एमेजॉन, किंडल, इंस्टेंट रीड लाइक ईबुक, किंडल, गूगल, इंटरनेशनल साइट्स और कई अन्य से भी उनकी किताब खरीद सकते हैं।

स्पॉटिफ़ पर पॉडकास्ट: @ ब्रोकन हार्ट इंस्टा आईडी: बुकहब92 जीमेल: सुमितकुमार 88234 लिंक्डइन: सुमीत कुमार

1

जीवन की स्वतंत्रता

मुकाबिल होने का ये मतलब बिलकुल नहीं की हम एक दुसरे के मुराद को जनता है, मुकाबिल होने का तो एक ही मतलब है कि जिश

बेबसी को हमने बहुत पहले ही अपना काफास की दूर से दी है, फिर से हम से दूर हो गया है है, ईश जिंदगी के के आइश नियम है जिनसे हम अभी तक वक्फ नहीं है, और अपने हमदम से फुरकत भी इसी एक नियम की बनबत है, वो कहते हैं ना मोहब्बत और फुरकत की बन तो कभी भी कभी भी है, ये एक आइशी फन्ना है जिसके नुक्सान भी है और फायदे भी, जिश साक्षी से आप मोहब्बत करते हो, और वो ही आपसे उतनी ही मोहब्बत करता है, तो यह हम है, कहते हैं अगर मोहब्बत न करे तो वो आगे जकार नुक्सान की बनाबत ही ले लेटी है। किशी साक्षी ने बड़े अच्छे अल्फाज की रिवायत सुरु की थी, वो भी सिर्फ और सिर्फ मोहब्बत के लिए। प्यार सब कुछ है के बारे में माप तो एन सब्दो की कशिश बिलकुल साधना है, अगर मोहब्बत की रिवायत से वक्फ होना है तो वक्त की रिवायत भी जरूरी है जनाब। क्योंकि उसकी बनाबत कभी भी एक तर्फा नहीं होती है, और कहीं नहीं है। तो इसकी कोई पहचान ही नहीं होती। समय की कोई पहचान तोह नहीं होती पर इसकी फुरकात हमेशा इसके साथ होती है, जिसे हम आज मार्ग के नाम से भी जाते हैं, क्योंकि वक्त की फुरकात आज कल उसी को नसीब होती है नफसने को हो.इश दुनिया में अगर किशी की सियासत चलती है, तो वो सिरफ और सिरफ वक्त की ही बरना बाकि तो सिर्फ एक मोहरा है इसके पहचान की।

"

बदला लेने

का समय

हर कोई

मरने वाला है ...."

में खेलने की रिवायत हमशा उशी सेह करो जिशे उस खेल के बारे में कुछ भी न पता हो, पर अगर वही रितागत तुमने किशी ऐरो रााधी से करदी जिसने खुद उसे बनाबत की है, तो वह तुम हरि खेल में की जान, ईश दुनिया में मोहब्बत की बनबत भी यही खेल से हुई जहां हम सब अंजान है। मेरी कहानी की रिवायत भी कुछ ऐसी ही है, जहां एक तरफा

मोहब्बत की कोई पहचान नहीं है, अब तक है ही है जिशे हम फुरकत भी कहते हैं, वो कहते हैं जब मंजिल सामने दिखी दे तो इसका मतलब ये नहीं की हमने उसे परेशानी कर लिए हैं, क्योंकि कभी कभी तो तखय्युल भी उसके पीछे भी पिन्हान है होना गुजराती है, जहां हकीकत भी थी और ख्वाब भी।

है जो आपको इश फुरकत को बताने से पहले कुछ ऐसा लफ्जो सेह आपको वक्फ करना चाहता है जिसे कोई नुमाइश तो नहीं पर नादामत जरार है, खामोशी एक ऐसी सोच है जो कुछ ऐसा ही है। दिन खामोशी और भी केई हद तक बढ़ जाती है।

"

वास्तविक दुनिया
"के साथ लड़ो"
हमेशा यह मानकर
की ये एक
नकली कोशिश है......."

"प्यार है
घेरा दर्द की....."

अगर आप तन्हाई की इनायत में हो, तो वो कहीं न कहीं थीक है, क्योंकि वो हम इतनी ही तकलीफ देता है, जितनी की उसे रिवायत होती है, और वो वक्त रहते हैं हम से डर भी, हो गया है रिवायत में मिले तो वो बाद में जकार हमसे डर नहीं होती, बाल्की और भी ज्यादा तुलुआ हो जाती है।

नफ्स यू ही नहीं जुड़ा हुआ करते हैं, उसमे भी किशी की रंजिश सम्मिल होती है, कहते हैं किशी की भी खविश, आजकल बेबासी का ज़रिया बन कर सामने आया है, और उसमें बड़ी बस इतनी ही दूर होती है .वक्त में सिरफ इंसान नहीं बाल्की उनके हलत भी बदलते हैं, उनकी कहत भी बदलती है, उनकी हर एक सोच की भावनाएं जो पहले रहती

है, वक्त के गुजरे के बाद वो भी कहीं न कहीं है। ही बन कर रह गई है, क्योंकि जब भी ऐसी तमना किशी ने की है, उसे सिरफ और इसकी रंजिश ही मिली है, ये दुनिया की वो फरेब है जिस्की इनायत में हर एक साक्षी आजम नगी है तो फिर से हम कभी मुकाबिल हो, दुनिया की बनबत ही ऐसी है की इसके रह पर हम, हमें छोड़ जाती है। मोहब्बत की नुमाइश करते वक्त कभी ईश चीज से हम वक्फ ही नहीं है। ये जरूर और आदत ही आजकल हर मोहब्बत की पहचान है, अगर इन में से कोई एक भी इनसे फुरकात ले ले, तो इनकी पूरी सियासत रख में बदल जाएगी, प्रति इनकी तालाब भी कुछ कुछ आम में मेरे सामने आने है जिसी तवक्को एक आम इंसान के लिए नजात बन जाती है, दुनिया में हर किशी की इनायत आज सिर्फ एक तखय्युल है, उससे ज्यादा कुछ भी नहीं, क्यों की आज |

"

अगर किशी
महफिल में
अंजानी
हो तोह
अंजान ही
साही
किशी सेह
वक़िफ़ होन
की क्या
ज़रूरत
और अगरी
दर्द
की वजाही
दिख ही
राही तोह
उष

सुमीत कुमार

सेह चुपाने की
क्या
ज़रूरत
क्यूंकि
अंजान तो उश
महफिल के
लिए तुम तब
भी रहोगे|"

"की मेरी
मुहब्बत में
पूरी बज की कहानी
छुपी है (2)
और इत्तिफाक सेह
ही सही
पेरी तेरी तकदीर
कि
लिखावट

मेरे साथ ही
लिखी है।
"

"नूर कि
इनायत भी
हाई
और अर्शी
की कहत भी
नरगिस तोह
है मेरी

आंखें
उसकी मोहब्बत
मुख्य
प्रति
बेगरत
अभी
वक्त कि
नुमाइश नहीं।

"

2

ऑक्सीजन के बिना जीवन

मैं खुदा इश्क करने की वजह तो दे देता है, पर उसे इश्क को आए कैसे बढ़ाए, उसकी वजह वो कभी नहीं देता, और ये जरूरत तो नहीं की हर वक्त वो आपकी मुराद पूरी ही करे तो क्यों है मैटलैब ये नहीं की उसमें तालाब खतम हो चुकी है, अधूरी मुराद की रिवायत ही कुछ और होती है। कहा, और क्या जिश रहा पे हम चल रहे हैं क्या वो सही है, उनमें कुछ मुशफेयर आयश भी होते हैं जिन्की मंजिल तो उनके सामने होते हैं, पर उन वो सफर मंजूर नहीं होता, और में भी उन्ही मुशफिरों में स्की मंजिल तो उसके सामने थी प्रति उपयोग चलने की कोई तालाब नहीं। और इशी की वजाह सेह सयाद मेरी पहचान भी एक मुशफिर की तरह ही बन कर

रह गई है, रास्ते तो बहुत है पर मेरी मंजिल एक है, और जिश मंजिल से मैं आप सब को मुकाबिल होना नहीं चाहता हूं। की कहानी है, वैशे में अपनी पहचान बता दूं, मेरी पहचान भी बिलकुल मेरी खामोशी की तरह है, जो किशी को तब दिखी जब कोई इसकी तमना करता है, क्या मुझे भी पता है तो कोई मातृ है नज़रिया है। मेरे नाम की पहचान वैशे तो सौरभ कश्यप है,

प्रति सब मुझे प्यार से ज़्यदा बुलैट है, इश्के पेचे भी एक रहश्या है, जो वक्त रहते आप सब को पता चल ही जाएगा, तब तक के लिए मैं अपनी अधूरी कहानी की हूं, वैसा ही बताता हूं। का एकलौता चिराग हूं मिसका मतलब तो सबको पता ही होगा, फिर भी मेरे कहने का मतलब यही है कि अपने मा बाप का एकलौता बेटा हूं। और इस्का एक और मतलब ये भी है की, न ही मेरी हक की रिवायत किशी को मिलेगी, और ना ही मेरे मा और पापा की इनायत, वैशे में जिश जहां रहता है, उस जगह का नाम मुंबई में रहने पर नहीं असलियत में, क्योंकि मेरे नाम की तरह ये भी एक रहश्या ही है, और में पेशे से कुछ खास नहीं करता है एक स्नातक डिग्री के लिए बायोटेक्नोलॉजी में बीएससी कर रहा हूं, जो की मेरीब खुद नहीं की पर मेरे माता रहा हूं। और डैड की वजाह से मुझे ये करना ही पारा, पर ईश बात का मुझे कोई गम भी नहीं, क्योंकि मेरी पूरी जिंदगी में उन लोगों ने मेरे बर्रे में अच्छा ही सोचा है, वैशे मेरे डैड एक डॉक्टर है, और मेरी है मेरी भी आईसीआईसीआई बैंक में वैशे मेरी माँ सिरफ बैंक की ही मैनेजर नहीं है, बाल्की वो मेरे घर की भी और हमारे जीवन की भी मैनेजर है। मेरा कहने के मतलब ये है की मेरी जिंदगी पर मेरे कोई हक नहीं है, क्योंकि ये जिंदगी भी उन्हीं, और मेरे कैरियर भी उन्हीं की ही दिन है, मतलाब में एक आयशा लड़का हूं जिस्का कोई वजूद नहीं है, मुझे उस वक्त ये तक यही लगता था जब तक में उससे नहीं मिला था, वो कहते हैं ना , प्रति उनके रास्ते नहीं, मेरी कहानी में भी मेरी मंजिल सिरफ एक ही थी, प्रति उसके आने के बाद मेरी मोजेल भी बदल गई और उसके रास्ते भी, वैशे मुझे अपनी मंजिल के बर्रे में तो कुछ नहीं पता में ही कभी नहीं मिला हुआ, प्रति हा उसकी तमना है मुझे। मेरा मतलब ये है की, में उससे कभी मिला ही नहीं, क्योंकि ईश कहानी की सुरूरत ही एक गलत नंबर से हुई

थी। मुझे पता है कि आप सब बालों में हो की आज बात से गलत है नंबर से भी होती है। पर क्या करू में जो भी कह रहा हूं वो सब सच है तो बी आत उस दिन की जब में अपने दोस्तों के साथ कहीं घुमने गया था, उस जगह से में मुकाबिल तो नहीं, प्रति उसकी खूबसुरती अभी भी इश चश्मे को तुलुआ होने की रिवायत आप है, तो ये उन दिनों में सबसे ज्यादा था साथ अपनी शिंचन वाली कार में बहार जा रहा तबी उस वक्त हमारा दुर्घटना हो गया था, पर नसीब की बात तो ये है, की ना हमें कोई तकलीफ हुई और न मेरे शिनचैन को, हा मुझे पता है में भी है सॉल की तखय्युल चल रही होगी की, कोई अपनी कार को शिंचन कैसे बुला सकता है, तो मेरी पहचान ये भी है की मुझे कार्टून कफी पसंद है, और हो भी क्यों मेरी जिंदगी भी एक है, और हो भी क्यों मेरी जिंदगी भी एक है मुझे शिंचन कफी पसंद है, और उससे भी ज्यादा मुझे मेरी कार पसंद है, तो जहीर शि बात में उसे अपनी जान मानता था, इसलिय मेरी कार का नाम तो मेरी शाद का एक जरिया है। खैर शिनकां की कहानी की बात में बातुंगा, पहले उस दिन जो भी हुआ हमारे साथ उसके बारे में पहले मुकाबिल हो जाए तो ठीक है।

तो कुछ कुछ आयशा हुआ की उस दिन मेरे शिनचन को में नहीं कोई और चला रहा था, और उस साक्षी का नाम भी उसके माँ और पिता ने भी कफी सोच कर रखा था। और नहीं, फन्ना ही था, फना मतलब बरबादी, और उसकी बरबादी की रिवायत उस दिन मेरे शिंचन ने जेली, कहने को तो वो मेरे बेस्टी था, प्रति आजतक उसके लिए कोई भी आयशा कम नहीं किया है, इसमें कुछ ऐसा होगा। .तो में उससे उस दिन क्या उम्मेद करता, मैंने उसे पहले ही माना किया था, की भाई तू शिंचन को नहीं संभल पाएगा, फिर भी उसे यही कहा की तू चिंता मत कर में सम्भल लुंगा। बात तो उसमें सही है। संभल लुंगा, प्रति जब हादसे की रंजिश हुई तो उसने शिंचन को ही छोड़ दिया। खैर क्यों छोटा और काशे छोटा वो आप खुद ही देखलो, तो जिस रास्ते पर हम जा रहे थे, वो गलत रास्ता वन साइडेड वे था, और उस वक्त मैंने उसे पहले ही बोला था की भाई, ये वन वे है, प्रति हमसे उस वक्त ये कहा की एक तरफ से दो तरह, अगर मैंने किशी रह को देख लिए तो मैं उशी पर चलूंगा, और वही भी जंगल का

शॉर्टकट रास्ता है, ये जानवर तो आते ही नहीं में है गड़ी कहा से आएगी। मुझे भी उस वक्त ये लगा था की ये सही ही बोल रहा, और मेरे जितने भी दोस्त थे उन्होंने ने भी ये बोला की फन्ना सच बोल रहा, पर ईश हादसे से वो भी प्यारा शिंचन भी.उसके बाद थोड़े हम ही डर गए थे की सामने से हाई स्पीड में एक कार आ रही थी, वो भी ब्रेक फेल, आब ये भी देखा आप सब के मन में पिन्हन होगा की, मुझे क्या पता कार चला ब्रेक फेल है, तो हुआ कुछ आयशा की जब वो कार सामने से आ रही थी, तो उससे बाहर निकल कर एक इंसान बड़े जोड़े से चिल्ला चिल्ला कर बोल रहा था | कि सामने से हट जाओ, हमारी कार का ब्रेक फेल है, मुझे तो उस वक्त ये महसूस हो रहा था कि कार का ब्रेक फेल नहीं बाल्की उस इंसान का ब्रेक फेल हो गया है, क्योंकि उस वक्त हमें कार से ज्यादा तो वो नर्वस था। फिर क्या था पहले तो वो इंसान जोड़ा जोड़े से चिल्ला रहा था, अब मेरे जितने भी दोस्त थे उन्होन भी चिल्लाना सुरु कर दिया। हो चुका था, और डर भी रहा था, की मेरे शिनकां को कुछ ना हो जाएगा, मैंने फन्ना से बोला की तू मेरी शीट पर आ, मैं ड्राइव करता हूं, मतलाब कौन है ये लोग, कहा से आते हैं, ये सामने है, और हम अपनी जग बदलनी है, वैशे मुझे उस वक्त ये महसूश नहीं हो रहा था, मैंने अपना सिरफ जग बदली है, मुझे उस वक्त ये महसोश हो गया था, मैं भी, मेरी यह बड़ी बदली थी। है फन्ना से।) जितने वक्त में हमने अपनी शीट एक्सचेंज की, उतने ही वक्त में उस कार ने, मेरे श इंच के दो आंखों की रोशनी चीन ली। उस वक्त भले ही रोशनी मेरे पीछे दिखी मुझे कुछ नहीं दे रहा था, मेरा मतलब है में बहोश हो चुका था, और किस्मत भी देखो उस वक्त वो कार रुक भी गई। वैसा ही मेरे सारे दोस्त ठीक थे उस वक्त, ईश बात की खुशी मुझे ज्यादा थी, फिर क्या था उसके बाद वो सब मुझे हॉस्पिटल लेकर गए, और वो पर में उससे पहली बार मिला, मेरा मतलब है से आपको पहली बार मिला ये कुछ साफ तो दिखी नहीं दे रहा था, पर मैंने उस वक्त उसे आखे जरोर देखी थी। सच कहु तो वो सिरफ उसे आंखें नहीं थी, क्यूनी उस वक्त उसे चश्मा भी किशी मुझे किशी किशी उनमे एक कशिश थी, एक तालाब थी, उस वक्त भले ही में किशी और मंजिल के सफर में था , प्रति मेरे दिल की मुराद ने उशी मंजिल को चुना, जिशे

उसकी जरूरी थी, जो तखय्युल में हर रोज देखता था, वो सयाद हकीकत में बदलने वाली थी, उस दिन बश मेरे दिल की एक ही, मिलाद को हम दिल की एक ही, ही बेबासी में देखा है, उसकी रिवायत हकीकत में भी हो, बश फिर क्या था सफर सफर भले ही कुछ डर के लिए ही सही, प्रति में उसकी मंजिल का तिश्ना हो चुका था, मुझे उस वक्त की कोई सुन रहा था यह थी, क्योंकि मेरे पुराने सर्रर किशी और की तालाब में था, मेरी नफ्स मुझसे एक ही सवाल पुच रही थी, की आखिरकार कब उसे फिर से मुलकत होगी, पर मेरी किस्मत की रंजित एक अलग में वो वो नहीं थी, मैंने उसे हर जगा दुंधा, पर वो कहीं नहीं मिली, मेरे दोस्त मुझसे उस वक्त एक ही सवाल पूछा था जब में उसकी तलाश में था, की तू सुन भी भाई, पर वह उनकी भी नहीं दे रहे थे, क्योंकि उस वक्त मेरी नफ्स बश एक साक्षी के ही तलसा में थी, ही जिसी आंखें ने ईश दिल की हर एक तालाब को फिर से तुलुआ कर दिया था, भले ही उस वक्त पूरी बज में थी मेरे लिए, प्रति मेरी शिद्दत बश उन चश्मे की इनायत से ही वक्फ थी होना चाहिए। तो मैंने अपने दोस्तो से पुचा की जब में बेहोश था, तो मेरे पास कौन था, और उन सब ने एक ही जवाब दिया, की हम सब तेरे साथ थे, प्रति मुझे जिश इकरार की तलाश मेरा थूरा, सयाद थी। उस वक्त में किश नजात में था, इसके बारे में मुझे कुछ नहीं पता था, न ही कोई तमना थी की ईश नजात को मैं खुद से दूर करू। यह मुकाबिल नहीं हो पता .भले ही उसे हर वक्त याद कर के फिर होती थी मुझे, प्रति एक शाद भी उसके फिर में कहीं पिन्हान थी पहली मोहब्बत नहीं मेरी पहली बेबसी बन चुकी थी वो, और की साल गुजरे थे अब सयाद में उससे रिहा होने वाला था। कोई भी आयशा दिन नहीं गुजरा उसके चश्मे के बिना, क्योंकि जब में अपने अल्फाज किशी के सामने जहीर करता, तो उस वक्त भी मेरी तलफुज में उसी का उसमें चश्मा का ही जिक्र रहा, कहीं नहीं हुआ उसकी जरूरत थी, मोहब्बत में किशी साक्षी की तलाश तो देखी है, प्रति मेरी मोहब्बत मुझे बश उन चश्मे की तलाश थी, जो सयाद अभी अधूरी थी, मैं एन सब के बाद हर रोज अस्पताल में कभी से कभी लग गई तो, कभी ये की मुझे सास लेने में तकलीफ हो रही है, पर वो कभी नहीं आई, मुझे बश उस वक्त ये महसूश हो रहा था की क्या मेरी किस्मत की लिखावट उसके

साथ मातृ एक रंजिश ही थी, जो उस खुदा ने मेरी तकदीर की नाकाम में लिखा था, पर फिर भी मैंने अपनी अकीदा को कभी कम नहीं होने दिया, पर हर किसी के लिए नहीं को पिन्हान कर देती है, और ये बात तब सच लगने लगी, जब दो महान गए, तब मैंने भी ये सोच लिया था की, उसे उस वक्त जो एक पल की मुलकत थी वो आज सिरफ एक इत्तिफाक है एक। इन सब के बाद मैंने उसे तलाश कभी नहीं की, क्यों मुझे भी अब ये लगने लगा था की वो सिरफ एक हदसा था और कुछ नहीं। मोहब्बत भी कमाल की है जनाब, क्योंकि जब तक एक रिश्ते में साथ रहेगी, पर जिश दिन ये खुलोस हमसे डर हो जट्टी है, उसी दिन इसकी बेवफाई भी हमारे हमदम के साथ आती है।

"उजालो का

सौख नहीं

है जनाब

क्यूंकी हम तोह

बाश उन पालन कि

दिवारो

सेह

ही

प्यार है.."

"

मोहब्बत की

बहुत बड़ी

उज़ता

सेह सामना:

परा

है हमारा

जहा उस्की

तखय्युल भी
हमारे मार्ग
की रिवायत
कार्ति है।
बीई-शुमार
तोह नहीं
प्रति मोहब्बत
की है
यूएसएएसई
और अकीदा
कर्ता हूण
उष खुद का
जिस्ने ये
शादी
डी
है मुझे ...."

3

पिछली पुनरावृत्ति

अगर ईश दुनिया में अपने किशी चीज का इकरार किया तोह वक्त रहते भले ही उसकी मुराद पूरी न हो, पर कभी अधूरी भी नहीं रहती, अगर किशी चीज की मुराद उस खुद चौडा से मांगी है तो उसमें भी उसमें शामिल है उस मंजिल को अपनी रिवायत से हटा दिया, उस दिन वो किशी और के उसमें चली जट्टी है, जिसके रास्ते अपने खुद बने हैं, मैं उन दो महिने में वो अधूरी मुजफ्फर पूरी तरह से भूल गया हूं र तालाब थी, और न ही कोई कशिश, प्रति उस खुदा से हमेश ये तवक्को जरार रही की, वो मुझे उन चश्मे सा कभी तो मुकाबिल जरार करवाए गा, भले ही

उस मुल वक्त उसकी मुराद एक सचे अगर एक मंजिल के सारे रास्ते बंद हो जाएं तो वो काम आप अपनी किस्मत पर छोड़ दो, क्योंकि किस्मत वो नुमाइश है जिसी इमदाद तो नूर भी करता है। इसलिये उस वक्त ना तो मैंने अपनी नफ्स की बात सुनी और ना ही अपने दिल की, क्यों अगर इनकी मंजिल पर चलता तो मेरी किस्मत मुझसे फुरकत ले लेटी, और ये मुझे बिलकुल मंजूर नहीं था। एन सब के बाद, एक आयशा भी वक्त आया जिश दिन मेरी किस्मत ने मेरे हलत तो बदल दिए, प्रति ख्वाइश आब भी वही थी, उस दिन की मुझे पता तो नहीं पता, प्रति फलक की बात उस दिन में। का मुंतज़िर में ही था, उस वक्त मेरे फोन प्रति एक कॉल आता है, वो कॉल सयाद किशी गौहर था, मुझे उसे अपना पुराना नाम तो नहीं बताया, बश उसे ये कहा की जिश हमदम की तलाश में आप अभी भी उसमें है डर है जनाब। पहली बात तो वो साक्षी थी कौन, दुसरी बात मुझे उनकी तलफुज बिलकुल समाज नहीं आई, पर जब उसे मेरी मुराद की पहचान बताई तो मुझे ये लाग की कही ये वो तो नहीं मैं जिस्म दिया में इतना दिया कहा थी, और अगर होती भी तो ये कोई खुदा की इनायत ही होती है, क्योंकि न मुझे उसे कभी देखा, औ ना ही मैंने उसे कभी पूरी तरह से देखा, और एक बात ये भी मेरे मन थी चल सच में हो चुका है, तो उसे मेरा फोन नंबर कहा से मिला। सब तकय्युल के बाद मैंने बड़े प्यार से उसे पूछना की ,क्या हम दो कभी एक दुसरे से मुकाबिल हुए है, पर वो तो मुझसे भी दो कदम आगे थी, उसने मुझसे ये कहा की मुकाबिल तो हुए है पर आपके ख्वाब में, फिर मैंने ये कहा की आपको कि चीज की मुराद में ये भूल ही चुका था की जिश अल्फ़ाज़ की में तलफ़ुज़ कर रहा हूं, वो उसने पहले ही करे लिया है, तब भी मैंने उसे यही पुचा की आपकी क्या मुराद है मिस गौहर, फिर मुराद कभी तोह है की कह है, फिर मैंने ये कहा की ना में आपसे कभी वक्फ हुआ हूं, और ना ही मैंने आपको कभी देखा है, और सबसे बड़ी बात की आप मेरे लिया अंजान हो फिर भी हम कोशिश तो कर रहे हैं आपके मुकाबिल होने के लिए। दुनिया में अगर मोहब्बत किशी इंसान से हो तो उसे पहचान फतेह होती है, पर जब वही मोहब्बत अगर आपको किशी के हल से हो कर वो किशी के अल्फाज़ ही क्यूं ना हो तो उसे रिवायत आपको वही तक ले जाएगी जब तक उसकी

सिया सत आपके पास है, कहने का मतलब यही है |

"

इश्क मुलाजिम

हमे भी है

पर हर बाड़

खुद को जलील

कर्ण कि

फ़िदरत हम

निभा नहीं सक्ते ....

"

.. उस दिन तिशना भी था की उस मिल ही लेटा हं, क्योंकि जिश तन्हाई को में उस वक्त उन चश्मे की यादों में झेल रहा था, सयाद वक्त आ गया था की में उसमें खुद से डर कर दूं क्या सच में यह था सिर्फ एक दिखवा था, क्या उसकी कशिश मेर लिए हकीकत थी, ये उसमें कोई रंजिश। सब के बाद मैंने उस कॉल को कट कर दिया, वो भी ये बोल कर की आपकी मोहब्बत की रिवायत पर किशी और है। फिर भी उसे मुझे दोबारा कॉल किया, और उसे तब भी मुझसे भी सारे अल्फाज कहने का इकरार किया, जिसी मुझे कोई तालाब नहीं थी। जिंदगी में कुछ ऐश हलत आ गया जहां, एक तराफ कासी अगर आपके कफस किशी भी हलत में कफस को चुना तो आप उसकी नजात को ज्यादा वक्त तक नहीं झेल पाएंगे, और आखिरी कर आपको मार्ग ही मिलेगी उसकी रिवायत में, और सयाद तकलीफ भी कुछ बीज है मार्ग को चुना तोह, भले ही उस वक्त आपकी नफ्स आप से कुछ ही वक्त में डर हो जाए, प्रति तक यही रहेगी की आपको तकलीफ ना हो। मेरे साथ भी उस वक्त कुछ ऐसे ही हलत थे, क्योंकि एक तरफ वो चश्मे की कफरा थी तो वही वुसारी तारफ मार्ग की रिवायत भी, बश मुराद तो वाट की ये थी की, मुझे उन दिनों में नहीं पर एक अलग ही तिशना उस वक्त महसूश हो रही थी मेरी नफ्स से, की मार्ग की रिवायत ही सही है मेरे लिए, मेरा मतलब है कि मुझे उससे मिल ही

लेना चाये, ठीक हम भी तो देख कहीं से है |

> *"जब आप व्यावहारिक*
>
> *से प्यार*
>
> *करते हो*
>
> *तो थीसिस*
>
> *का रास्ता*
>
> *खोने के लिए*
>
> *भी आपको*
>
> *तय होना*
>
> *चाहिए ....*
> *"*

  मेरी तलफुज का सिर्फ एक ही मतलब है, हमारी जिंदगी हर कोई आजकलसिर्फ व्यवहारिक करने की ही सोच रखता है, क्योंकि थीसिस तो सिर्फ एक जरिया है हमारी सोच को बताने का, अगर में अपनी जिंदगी के कोण पर ऐसी स्थिति को ही ध्यान देता तो मेरी जिंदगी आगे चल कर सयाद उस नजात की तालाब न कार्ति में उश वक्त ईशी तखय्युल में था की क्या में मिलने जाउं, ये ना जयूं, क्यूंकी ना तो में ही जनता मैं भी हूं, सिर्फ अल्फाजो से किशी चीज की सुरूरत नहीं होती, काहे वो उससे मिल कर मेरी तिश्ना ही क्यों न डर हो जाए, उस वक्त सच कहु तो कुछ समाज नहीं आ रहा था, क्योंकि ऐसी ना ही कभी मैंने इसकी सुरूरत किशी ने मेरे साथ की है। इसलिय मैंने उससे उस वक्त यही कहा की, मुलकत तो होगी प्रति वक्त की रिवायत बढ़ने के बाद, पहले में आपको अच्छी तरह से जान आप भी मुझे फिर से सब के बाद हम एक दसरे से मुकाबिल होने की इब्तिदा कर संभव है।उसने तो एन सब के बाद मुझे किशी की सावल की तमना की, और न मुझे किशि जावाब की खविश थी। वक्त बीता बातें और भी होने लगी, मुझे और भी ज्यादा कुछ हद तक उस का कहना है मोहब्बत हो गई थी, पर में इसकी रंजिश उस वक्त नहीं कर सकता था, क्योंकि जो कुछ भी इसे पहले मैंने महसूश किया था,

मैं उसे फिर से नहीं झेलना चाहता था, मैं उन्ही पालो को फिर से फिर से मेरे हलत थे मैंने उसे उसी तरह से जीने की रिवायत भी की।

ये वक्त गुजरे लगा, फिर मुझे उसकी और बी आदत हो गई, और अब सयाद पूरी तरह से में अपनी पहली मोहब्बत को भूल चुका था, क्योंकि में ये नहीं कहत था कि मेरे इतने कि वहां से मेरे पास था। में अपने इतने के बारे में कुछ भी नहीं बताना चाहता था, इसलिये मैंने ये सोच लिया था की में ईश रहश्या को रहस्या ही रहने दूं प्रति सयाद उस वक्त मेरी किस्मत को ये भी मंजूर नहीं था, अपनी पहली मोहब्बत के बर्रे में कुछ भी ना बताऊं पर हलत कुछ ऐसे थे की में उससे ये छुपा नहीं सकता था कि वो मेरी पहली मोहब्बत नहीं है, बाल्की कोई और है। वक्त की तालीम उश कुछ ऐसी थी में उसमें उसकी रंजिश पिन्हान नहीं कर पाया, और जो कुछ भी था मैंने वो उसे सब बता दिया, जो मेरे हक में था और जो मेरे हक में नहीं था। पता किशी को नहीं बतानी चाय, क्यूं ना तो उस वक्त उसके आइश हलत होते हैं की वो आपको समाज पाए और ने ही आपके। व आपके दर्द नहीं करना चाहता, बयान तो करना चाहता है पर किशी को बिना तकलीफ दिए हुए हैं। उस दिन वो सिरफ खामोश थी, उसके उसके बाद ना तो उसे कुछ कहा, और ना ही मैंने कुछ कुछ कहा र हम दो एक ही मंजिल थे, प्रति इत्तिफाक से उसके रास्ते अलग थे, एक तार मेरी वो मोहब्बत थी जिससे में कभी मुकाबिल नहीं हुआ, और दुसरी तरह वो जिसने खुद से मुकाबिल होने की प्रति वो खुदा की इनायत की पहचान बन चुकी थी। उश वक्त मेरी ये तख्युल थी की ठीक क्यों? क्यूं उसे अपने इतने के हर लम्हो से मैंने वक़िफ़ करवा? क्या ये ज़ोरोरी था? क्या ये फुरक़ात ज़ोरोरी थी? मुझे उस वक्त न तो उस वक्त खुदा की रंजिश पता थी, और न ही मेरी तमना, हर वक्त ये कहा जाता है की किशी इंसान की कदरा तब नहीं होती जब वो आपके पास होता, बाल्की तब होती है जब बाल्की तब होती है जब वो आपसे डर होता है, सयाद उस वक्त इनकी रिवायत सच थी, क्योंकि जहां खुशियों की परचाई रहती थी अब वह गम के बदल थे, जिन चार दिवारो में एक अपने आप में सयाद वो अब मेरे लिए काफस बन गई थी। उस दिन ये पहली बार अहसास हुआ की इतने के लम्हे भी कहीं न कहीं फन्ना की सुरूरत करते हैं, वो मेरे लिए उस वक्त

वही मुराद दिन थी जिस सिर पे खोने के बाद में खुद को भूल चुका था, हर वक्त तक्युल में इन सब के बाद एक ही खयाल आता की, क्यों बहुत क्यों? क्यों बताया उसे मेरी पहली मोहब्बत तुम नहीं, कोई और है कुंकी मुझे किशी और की रिवायत चाय थी, टूटे की कह बिल्कु नहीं थी मेरी, प्रति उसके ख्याल ने तोड ही दिया। वो उस वक्त मेरी मोहब्बत थी ये मेरी फन्ना मुझे नहीं पता क्योंकि उसके चले जाने के बाद, ना तो उससे कभी बात हुई मेरी, ना तो उसे कभी इसकी इब्तदा की, मैं फिर एक बार उसी मंजिल का मैं फिर एक बार उसी मंजिल का लिए अब भी वीरन थी, और कहीं न कहीं अंजान भी। इन सब के बाद मुझे सिरफ और सिर्फ मेरी खामोशी चाये थी जिसके लिए मैंने अपनी पूरी जिंदगी जी थी, बश अब किशी चीज की तमना नहीं थी, फन्ना करना चाहता था खुद को यहां तक याद किया। की रिवायत की थी, जो मुझे सयाद अभी|

"

तू साथ
नहीं है
ये कहने की
बात नहीं है"

"तनहाई के
बादल चाय
हाई
प्रति एबी वीओ
बरसात नहीं
हाई"

"और तेरी यादें
में मजबूर तोह
हुन में (2)

प्रति मेरी जान
ये दिल टुटे
आशिको के
पहचान नहीं है। ”

4

सस्पेंस किलर

कहते हैं इतने की रंजिश फन्ना से कम नहीं होती है, ऐसी शिद्दत अलग जरूर होती है, प्रति मंजिल हमा एक ही है, क्योंकि इनकी इब्तदा भी किशी हाडसे से कम नहीं है, और अगर इशी तार की मोहब्बत आपको

मोहब्बत में मिले तो मार्ग की परवाज़ भी फलक की, पता जैसी लगती है और उस वक्त मेरी पहचान एक ही थी, जिस मेरी जिंदगी के हर एक शादी को गम में बदल दिया। खैर ना तो अब अल्फाज बयान करने के वाट है और ना ही मेरे हलत, तो वही सफर की एक ऐसी मंजिल से मुकाबिल करना चाहता हूं जिसमे मेर अतीत के कुछ लम्हे भी शमिल है।वो कहते हैं न मार्ग और जाना कभी किशी को अपने आने की पहचान नहीं, क्योंकि ये तो वो मुश्फिर है जिन्के रहो में वीरान की वो परचाई देखना को मिली है, जिस्की तालाब ही तनहाई है। मेरा अतीत, मैटलैब मेरी पहली मोहब्बत जिनसे में कभी भी पूरी तरह से मुकाबिल नहीं हुआ था, प्रति किसको खबर थी की जिश साक्षी को अपनी पहली मोहब्बत मानता था, वही मुझे मार्ग के रहो पर ले चलेगा, मजबूर तो कफी पहले से था उसकी मोहब्बत में, प्रति आब सयाद फन्ना भी, क्योंकि जिश दिन गौहर ने मुझे छोटा, उस दिन के बाद कोई भी ऐसी रात नहीं गुजरी, जहां में उसे याद करने को अपने जीने की वजह न मानता, क्योंकि मोहब्बत नहीं थी सिर्फ मेरी वो, आदत बन छुकी थी, और इंसान मोहब्बत की फिरत तो मिटा सकता है, पर अपने खुद को वजूद को कभी नहीं, क्योंकि जिश आदत की में रिवायत कर रहा हूं, वही मेरी वजूद भी थी।

इन सब के बाद चाह महिन बीट गए, प्रति ना तो उसका कोई संदेश आया और ना ही कोई कॉल, प्रति एन चाह महिनो के बाद कुछ आयशा हुआ जिसकी तमना भी किशी की एक रंजिश थी, मैं उस साक्षी से मिला जिस्की कहत ने मुझे खुद से नफरत होने की वजह दी थी वो भी उसके चले जाने के बाद मतलब अपनी पहली मोहब्बत से। प्रति एक रहश्या इसमे में भी, की जिश दिन में और मेरे दोस्त अतीत के उस बात से मुकाबिल हुए थे, मेरा मतलब है उस कार से डरघटना से, वो सिरफ एक हंसी नहीं था, क्योंकि वो किशी की, उस वक्त एक सोची समझी सज्जी थी, और एन सब के पीछे, वो साक्षी कोई और नहीं था क्योंकि इसकी जग तो उस वक्त मेरी पहली मोहब्बत ने ली थी, जिसकी तख्युल में मैंने काई वक्त खामोशी में गुजरे थे, और जसके लिए, मैंने अपनी सारी इनायत गावा दी। वो कार दुर्गातन की रिवायत उस वक्त सिरफ मेरे लिए हुई थी, पर ये क्यों हुआ, और उसे मेरे साथ ही आयशा क्यों किया, क्या हम इसे

पहले कभी एक दसरे से मिले थे, क्या मैंने कभी उसे कोई तकलीफ दी, ये मेरा कोई रिश्ता था उससे मेरे अतित में, ईश रहेश्य से अभी में भी अंजान हूं, और में उसे कब मिला, ये इसमें भी किशी की रंजिश मौजूद है? और वो उस दिन हॉस्पिटल में मुझे मरने ही आई थी, पर एन सब रंजिश के पीछे कौन है?खिर वक्त के साथ मैंने किशे अपने रकीब होने की पहचान दी है, और क्या गौहर का प्यार भी सच्चा था, ये इसके पीछे भी कोई रंजीश थी किशी की, ईश अधूरी कहानी से परदा तो तबी उठेगा, जब इसकी इल्म की पहचान हम मिलेगी।

"सिकायत नहीं

हैं

ओनसेह

जो हैम

नफ़रत की निगाहों

से देखते हैं

क्यूंकी फरोघ

की तालीम ही

कुछ

आइशी

हाई

जो दोस्त को भी

दुश्मन बना

डेटी है..."

"

सुना है

आज

दर्द

की सैफरीश कि

है हमारी मोहब्बत

ने हमारे लिए
कही ये बातो
सच
तोह नहीं

इस्मे भी
यूएसकी कोइ
इनय्यत छुपी है
वो
भी
दर्द की रिवायत लिय...........”

“

हिज्र कि
खामोशी
ये अखिरी
केशी वजाह लि
है
जहां हर किशी के
घर में तोह
रोशनी
मौजूद है
प्रति मेरी
घर की
तो अभी चौकठ
भी
सुन्नी है....”

खैरात

"मेरी लकीर

की

हर दुआ

मिटा दे

चाहे तो मुझसे

मेरे जीने

की वजह भी

अपने हिसे

में कर ले

प्रति जब मेरे इश्क

की आहट तुझे

बुलाये उस वक्त

मेरी पहचान

को थोड़ी जीने की

रिवायत सिख दे............"

एक छोटी शि जिंदगी भी किशी इंसान की जिंदगी में कुछ महान सिख जाती है पर कभी-कभी जिंदगी किशी के उनसे में मौत बन कर भी आती है पर में उस मौत की बात नहीं कर रहा जो कबर के बाद मिली है,मैं तो उस मौत की बात कर रहा हूं जो हम हर रोज मिलती है किशी के वजूद से पर अगर सच कहु तो उस वजूद की असलियत में कोई कहानी ही नहीं है वो तो मातृ एक ख़्वाब है जो किशी की मौत की रंजिश को अपनी महफ़िल में छुपाने की कोशिश कर रहा है |